导盲犬斯特拉

[日] 成行和加子 ◉ 著 ★ [日] 入山 智 ◉ 绘 ★ 王志庚 ◉ 译

我叫斯特拉，出生在一个天空布满星星的夜晚。

北京联合出版公司

遇到你时，我只有两岁，那是一个春天。
你伸出双手，抚摸我，
轻轻地抱着我的头。
"你就是斯特拉吧，真好听的名字。
我叫小茜，是秋天里盛开的一种花的名字。
今后请你多多关照。"

你的手上有几处伤口，
带着香香的味道。

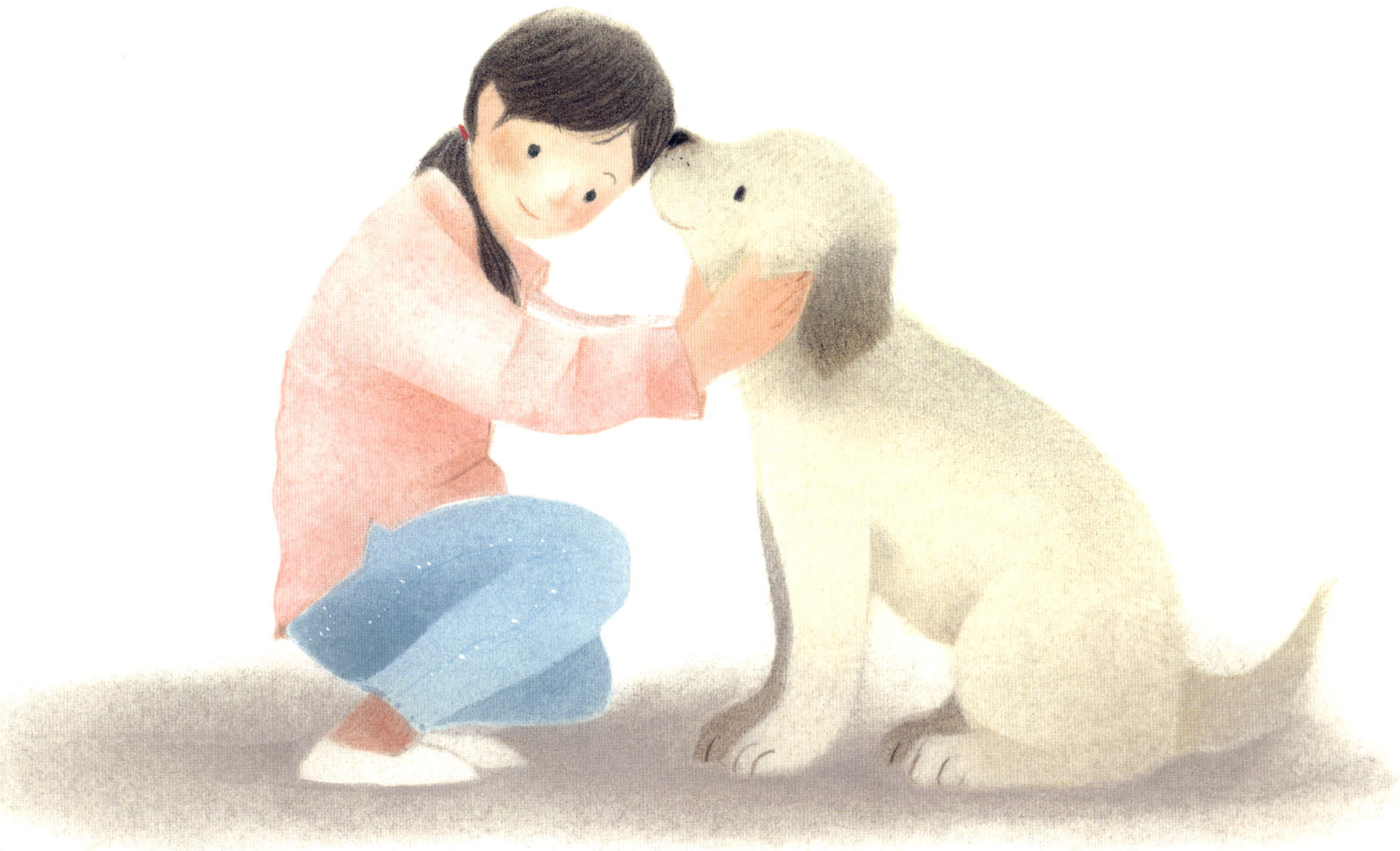

我是导盲犬,
我的工作就是保护小茜。

两年前,小茜因为交通事故,双目失明了。
我每天都陪着她一起上班,一起下班。

夏天刚开始的时候,我们的配合还不是很好。
为了躲开障碍物,我会转向旁边,
你却总是不安地停下来。

不过,到了盛夏,
你就完全信任我了。
那是你用导盲鞍※告诉我的,
我十分高兴,使劲地摇了摇尾巴。

※ 导盲鞍是佩戴在导盲犬背上的一种装备,它能帮助视力障碍人士更加敏感地感受和指挥导盲犬。——译者注

店内C

5

早上,你为我佩戴好导盲鞍,
大声向我发出命令:"斯特拉,GO!"
为了不让你受伤,
我小心为你带路。

当我告诉你前面该转弯了，或者到了有台阶的地方，
你总会大声地表扬我："GOOD，斯特拉！"
听到你的表扬，我心里别提多幸福了。

回到家里,脱下导盲鞍,我一天的工作就完成了。
这时,我就只是一只爱撒娇的小狗狗,
小茜也会有点小任性。
我们有时会争吵,
不过,总会在晚饭前和好的。

"当初,我连一个苹果切成两半都害怕,
现在,我都能切成这样大小了。"
说着,你递给我一小块苹果,
我一口就吃下去了。
你手上的伤口,是你努力过的最好证明。

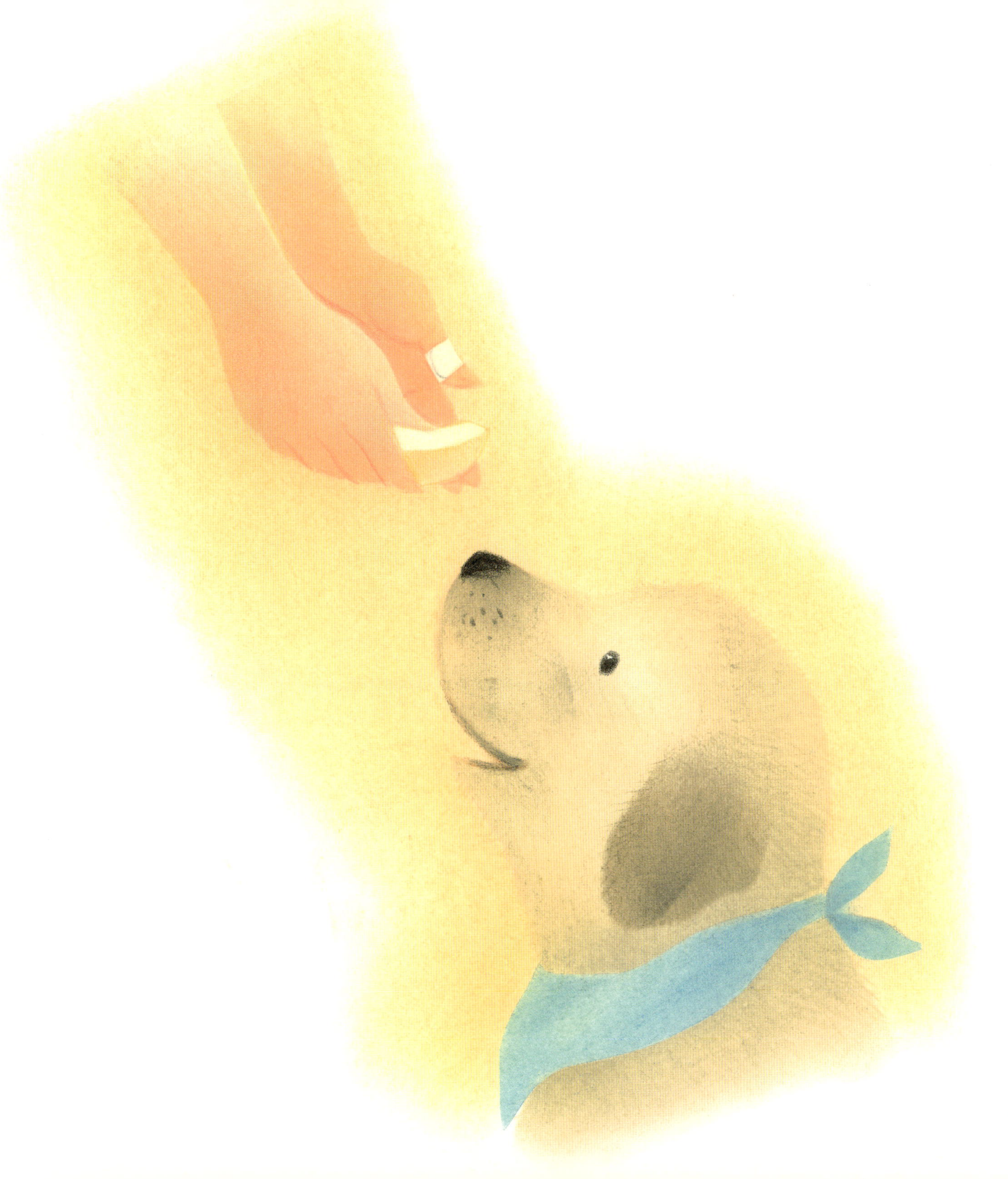

每天晚上，躺在你的床边，
伴着你均匀的呼吸声入眠。
你知道，那时的我是多么幸福啊。
你知道，保护着最喜欢的人平安地度过一天，
是多么美好的事情啊。

第二天早上，我们愉快地吃过早餐，
我戴好了导盲鞍，你说："斯特拉，GO！"
我鼓足全身力气告诉自己，
今天也要比昨天更加努力地保护好我最喜欢的小茜。

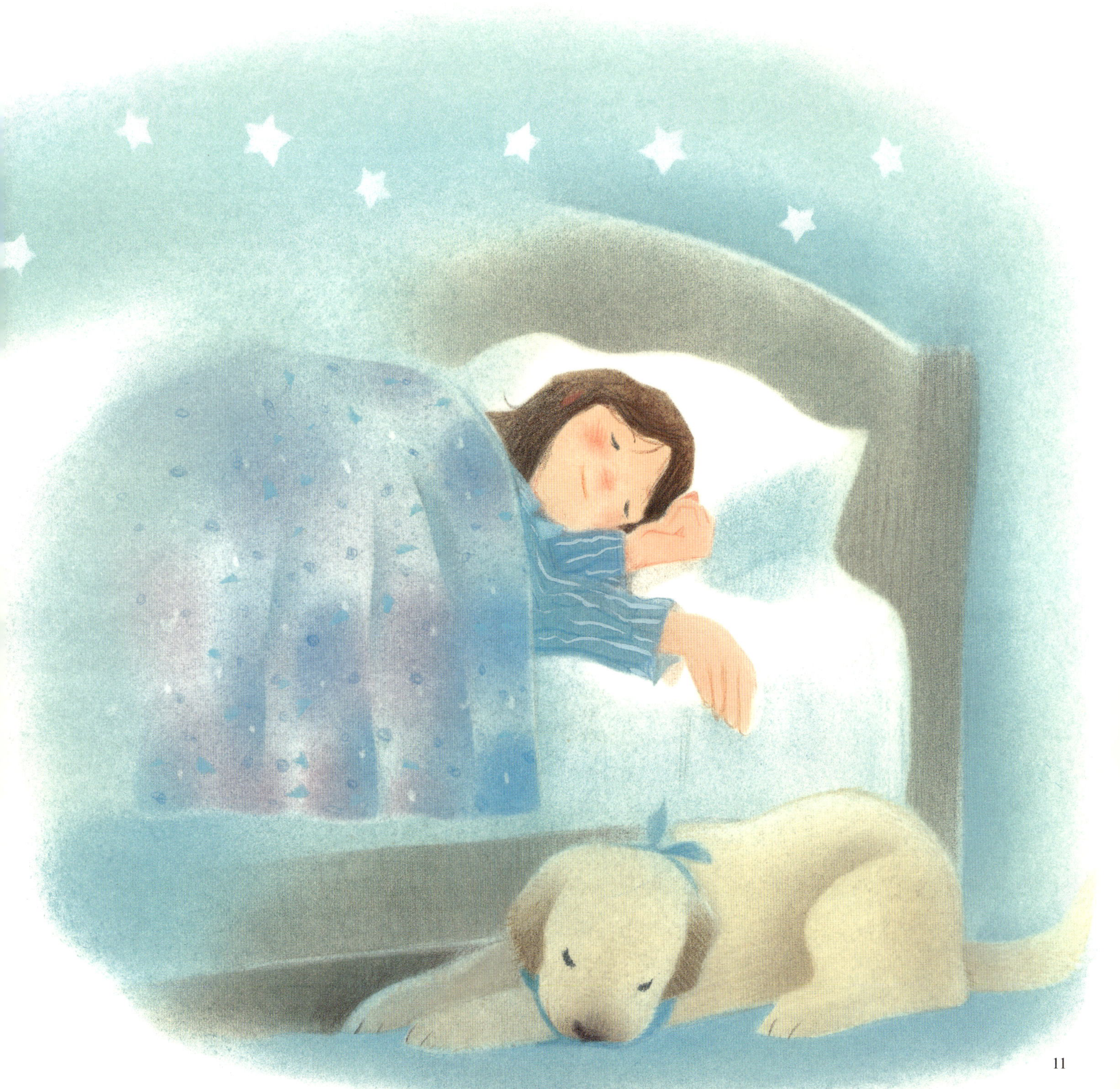

秋日的一天，我们走在回家的路上，你对我说：
"和斯特拉走在一起，能感觉到季节的变化呢。
已经是秋风时节了，晚霞一定很漂亮吧。"
"可漂亮呢！"我用尾巴告诉你。

那段时间，我们慢慢地走在回家的路上，
欣赏着每一个黄昏。

那曾经是我们最喜欢的幸福时光。

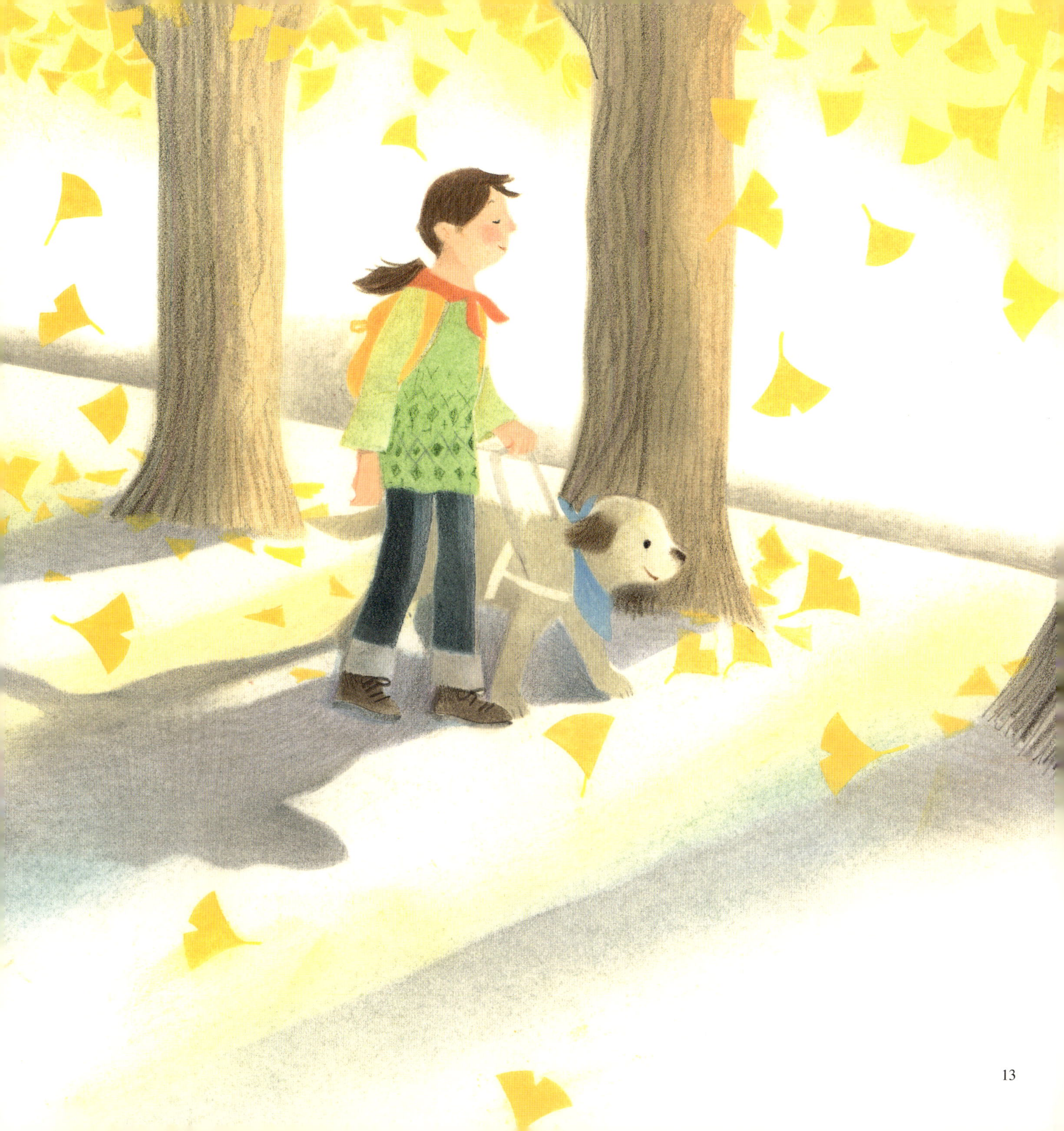

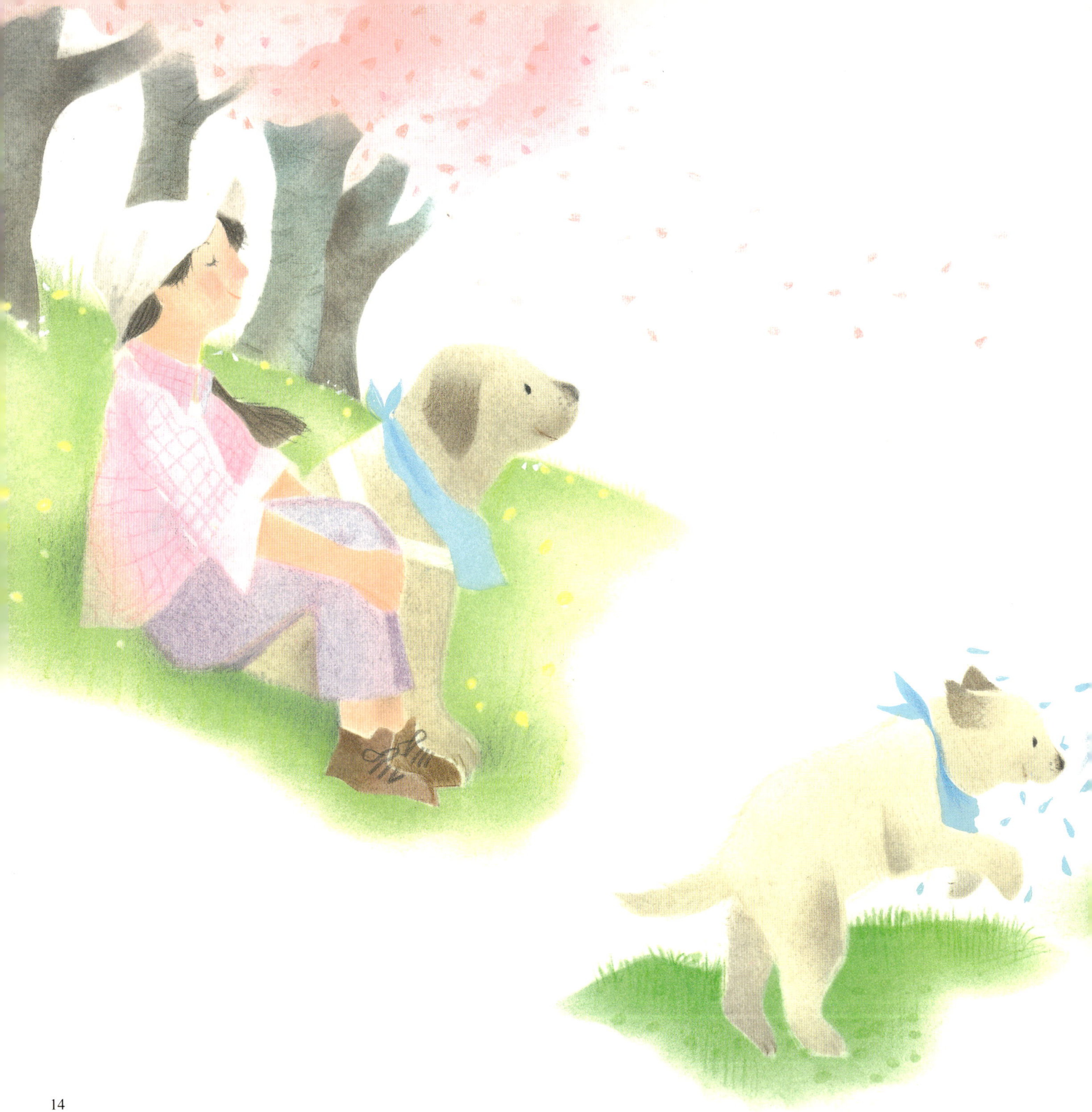

季节变换，几年以后……

15

十岁的那年春天,
我开始时不时地犯错误。
不是忘记提醒你该转弯了,就是忘记在台阶处停下来……

"没关系,斯特拉!"
每次你都微笑着鼓励我。

你咨询了导盲犬训练基地,
他们对你说"它该退役了"。
可是,我们已经分不开。

从那以后,我越着急就越容易犯错误。
你总说"没关系",不过声音却越来越小,还带着些伤感。

17

到了秋天，我眼前的事物越来越模糊。
终于，我把你给摔了！

像往常一样，你对我说"没关系"，
可是后来，一路上你一句话也没有说。

我们最喜欢的夕阳时光，在忧伤中溜走了。

"再走慢点，就没事了。"
你安慰我。

19

可是，有一天晚上——
我第一次在厕所以外的地方大便了。
你看不到被我弄脏的地方，
不得不花很长时间用手一点一点摸着清理。
对自己犯下的错，我感到非常震惊，
带着脏脏的身体难过地逃到了院子里。

你把我和房间清理干净后，
抱着我哭了。

21

那天,
从早上开始,天空就一直飘着雪花。
一辆小汽车停到家门口,我听到训练师的声音。
"斯特拉,我来接你了!"
你的身体颤抖了一下,
好像在对我说:

"今天,我们要说'再见'了!"

"不要!"
我叫了出来。

23

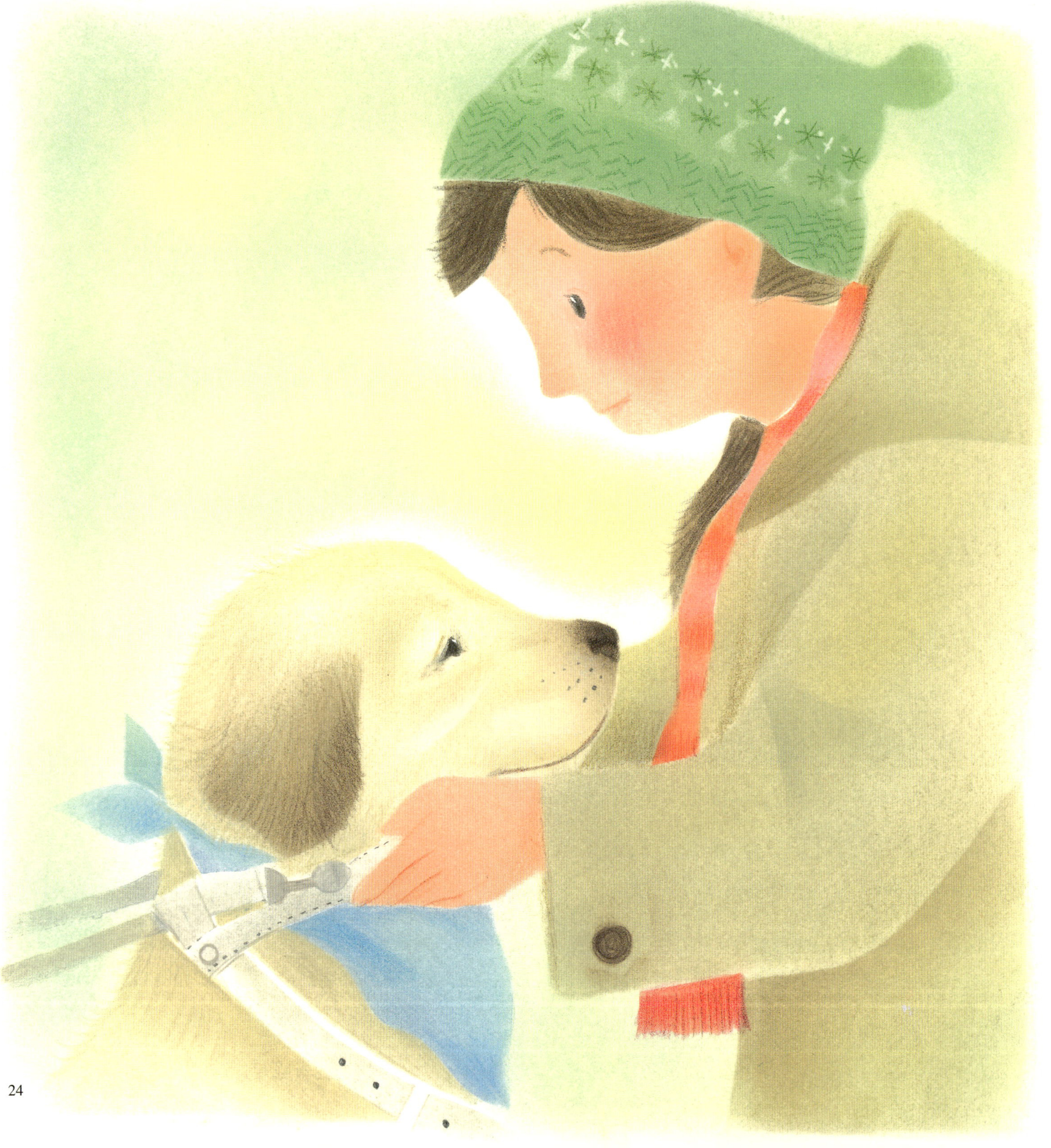

你用颤抖的双手抱住我。
和我们第一次见面时一样，
你的手上有几处伤口，带着香香的味道。

你抱着我待了好长时间，我下定了决心。

我是导盲犬，
我的工作就是保护你。

我为了保护你，
你为了保护我，
今天，我们要分开了。

和平常一样，你为我戴上导盲鞍，
然后用比以前更大的声音，发出命令——

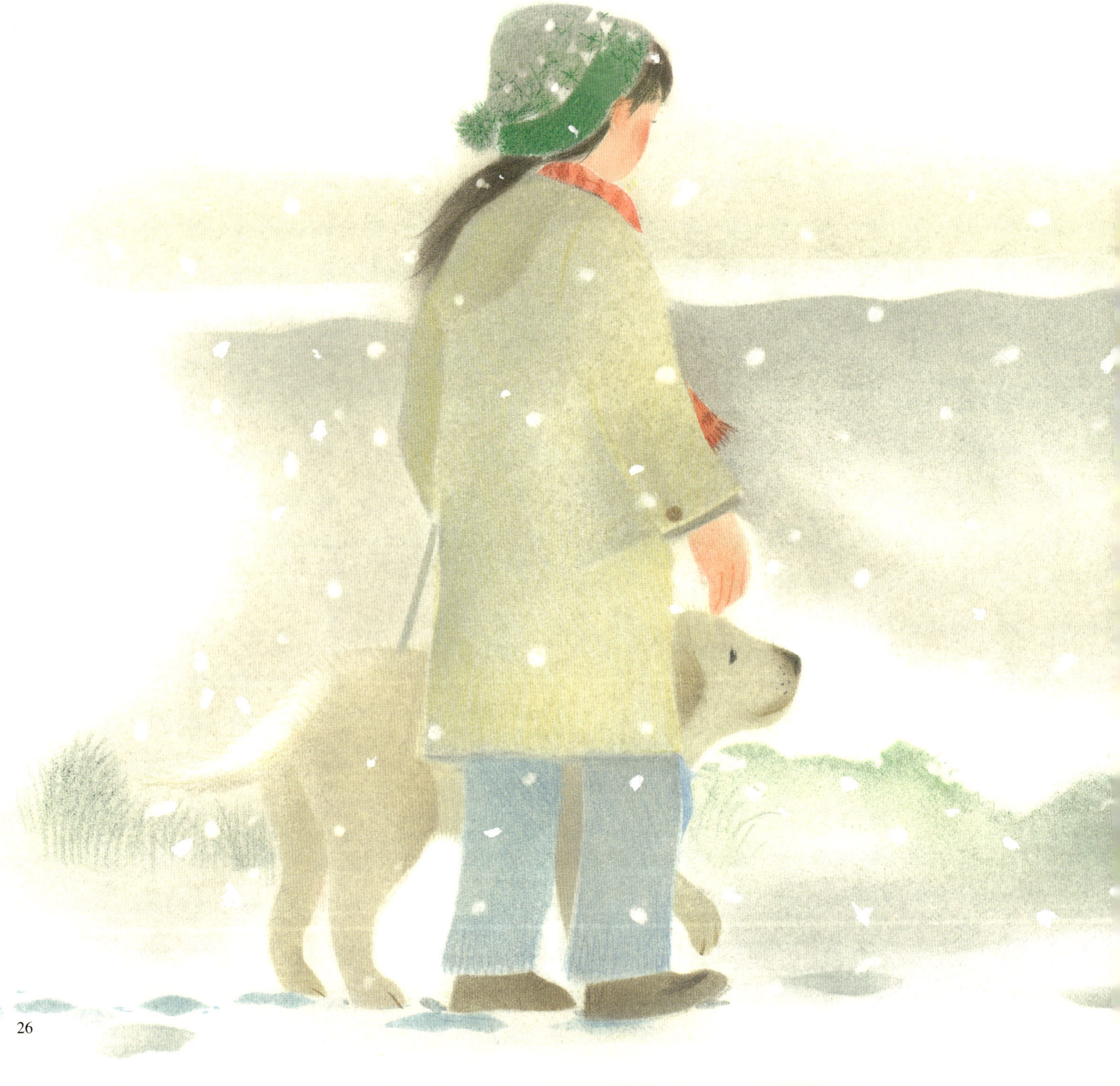

"斯特拉,GO!"

接到你的命令,我慢慢地迈开步子。
为了不让你摔倒,
我一步一步,慢慢地,慢慢地向前走。

我坐到小汽车的后排座上,砰的一声,车门关上了。

我转过身,望着站在家门口的你,汽车发动了。

你的身影越来越小!

"停车,让我再好好地看看你。"

我在车里疯狂地挣扎。

远远地,我听到了你的呼喊。

"GOOD,GOOD,斯特拉!"

你的声音很大,有些嘶哑,你哭了。

"GOOD! GOOD! 斯特拉!"

29

渐渐地，你的声音被淹没在漫天的飞雪中。

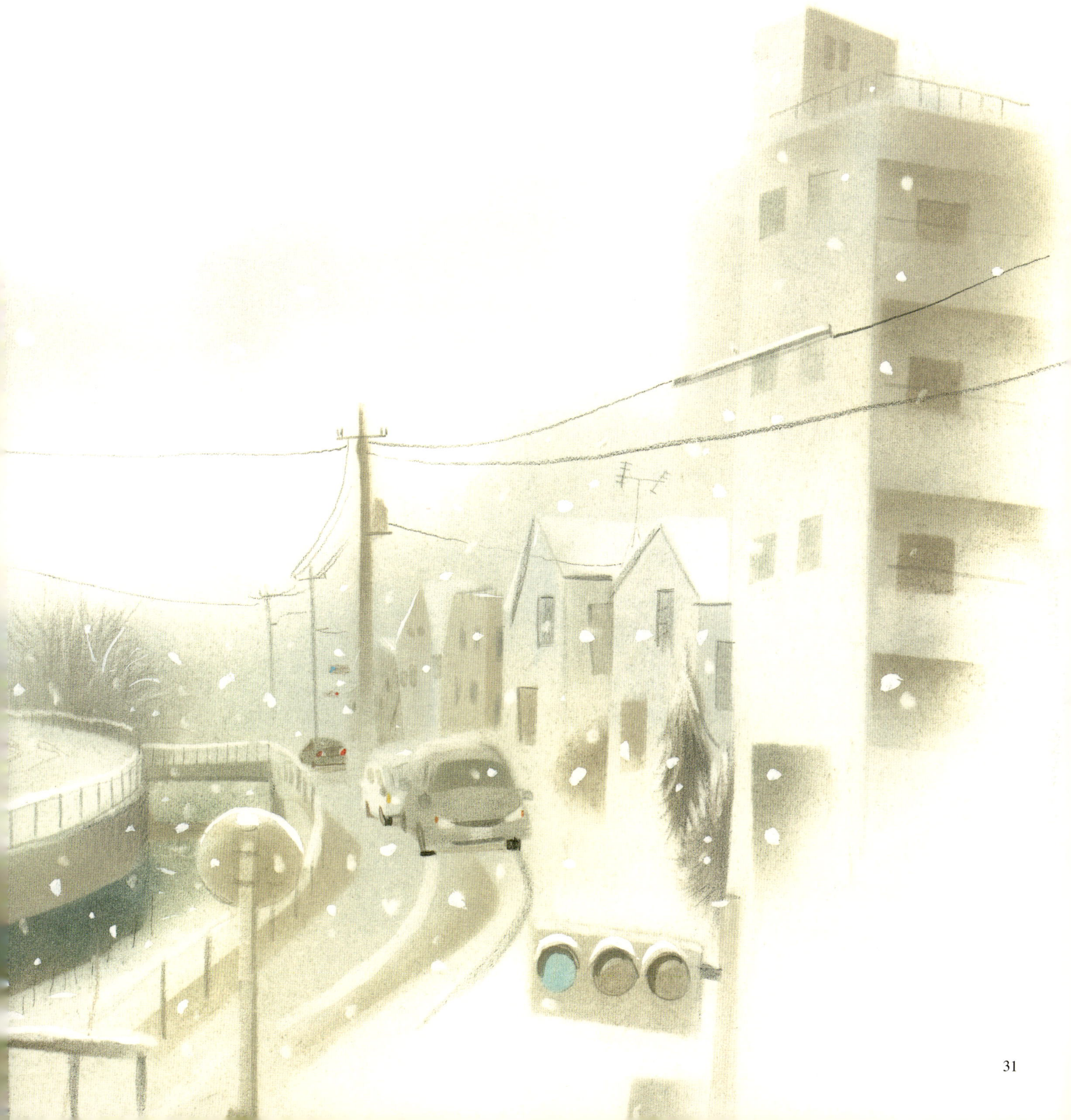

春天来了,
我终于习惯了新的住处。
这是一座建在高原上的房子,
住着很多和我一样的退役导盲犬,
还有预备犬和它们的妈妈。
这里的看护人对我们都十分亲切。

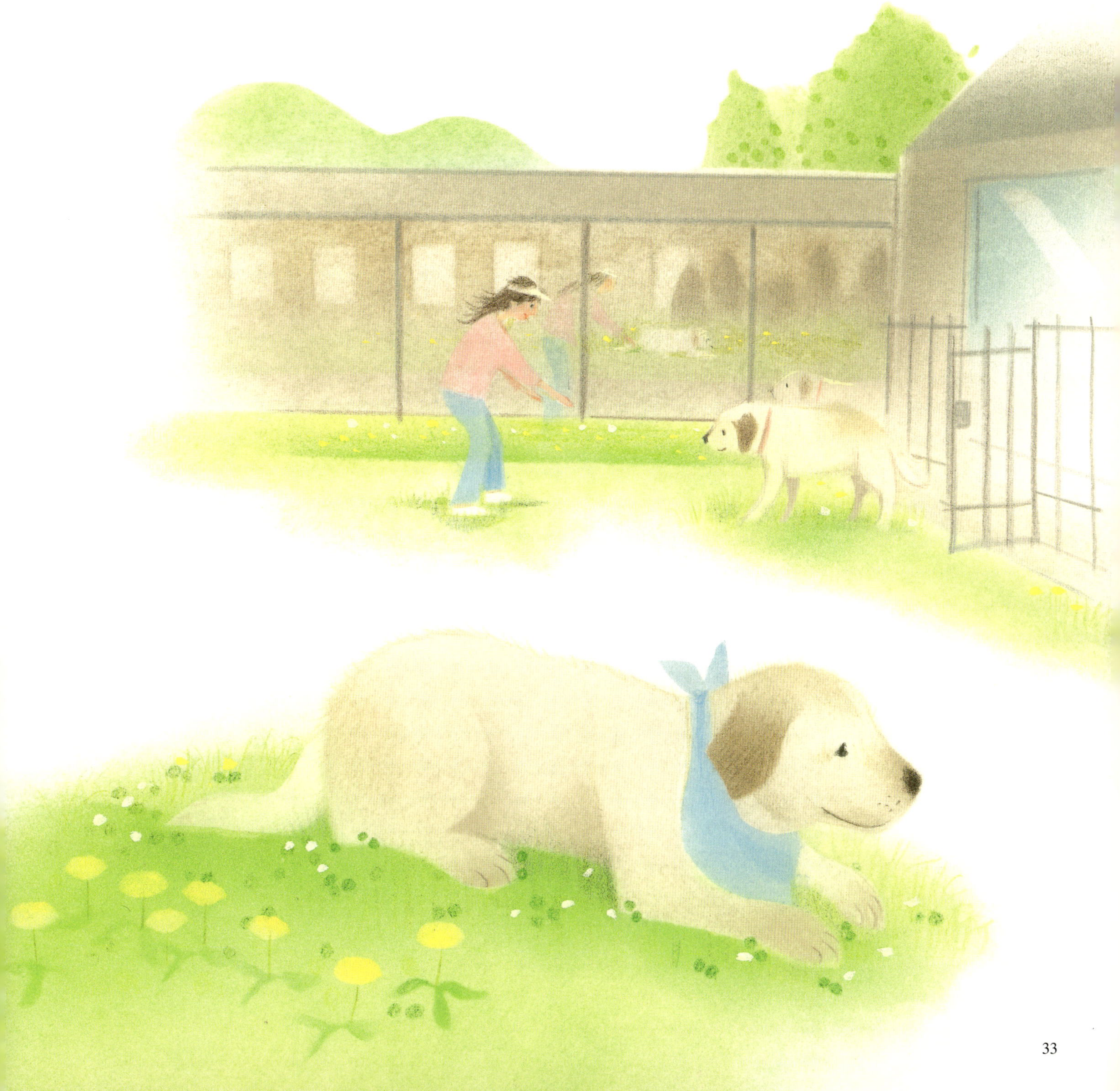

一天,我被抱住,一个声音平静地对我说:
"斯特拉,小茜很快就会有新的导盲犬了,
你不用担心啦。"

对于现在的生活,我很满足。
我想,小茜也一定会和新的导盲犬
幸福友好地度过每一天吧。

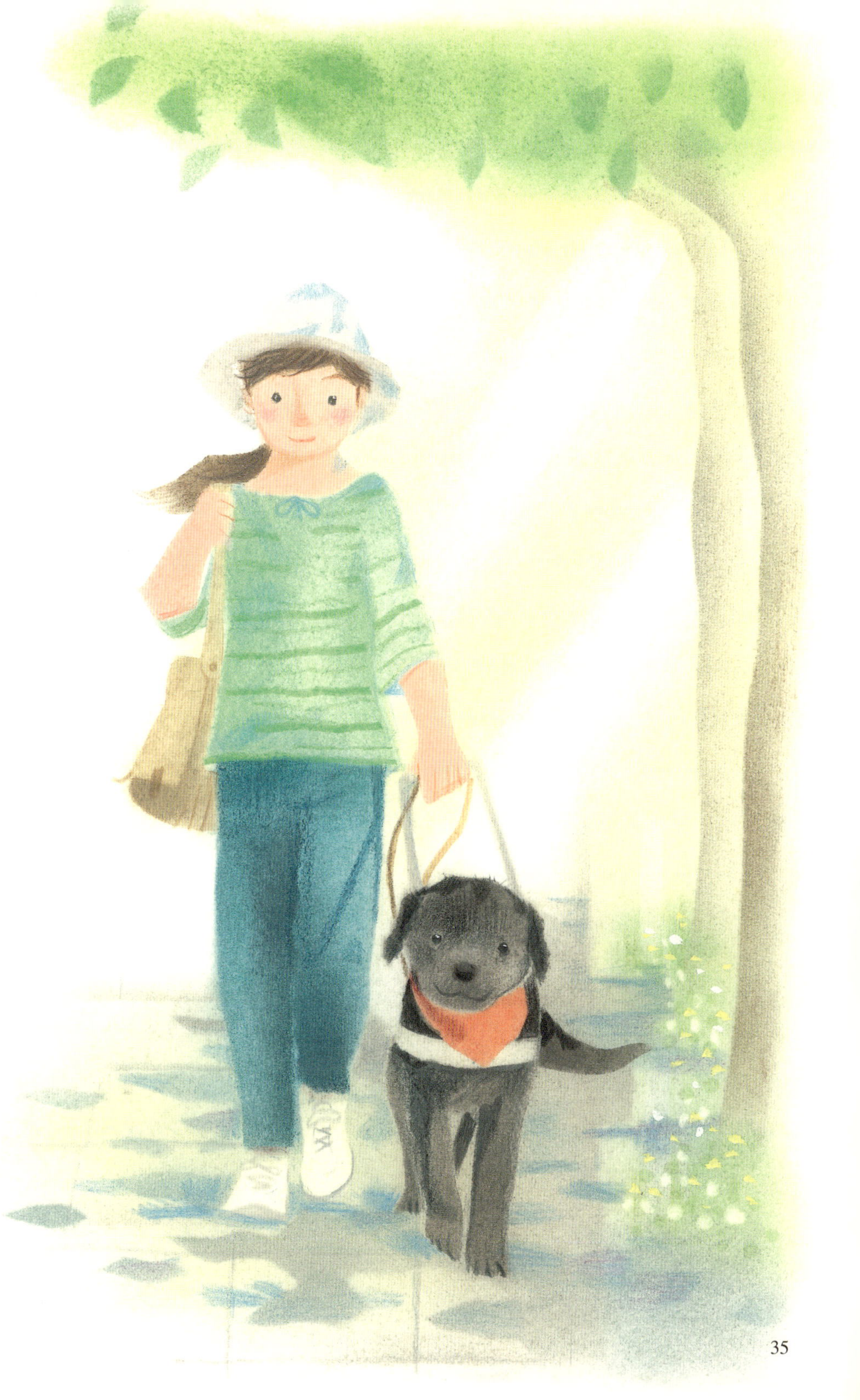

小茜，我有个请求。
你和它走在回家路上的时候，
能不能想起我来一点点。
那个曾经和你一起走在黄昏里的我，
那个曾经最喜欢保护你的我。

你要轻轻地呼唤我的名字，
轻轻地，别让它听见，只要一次——

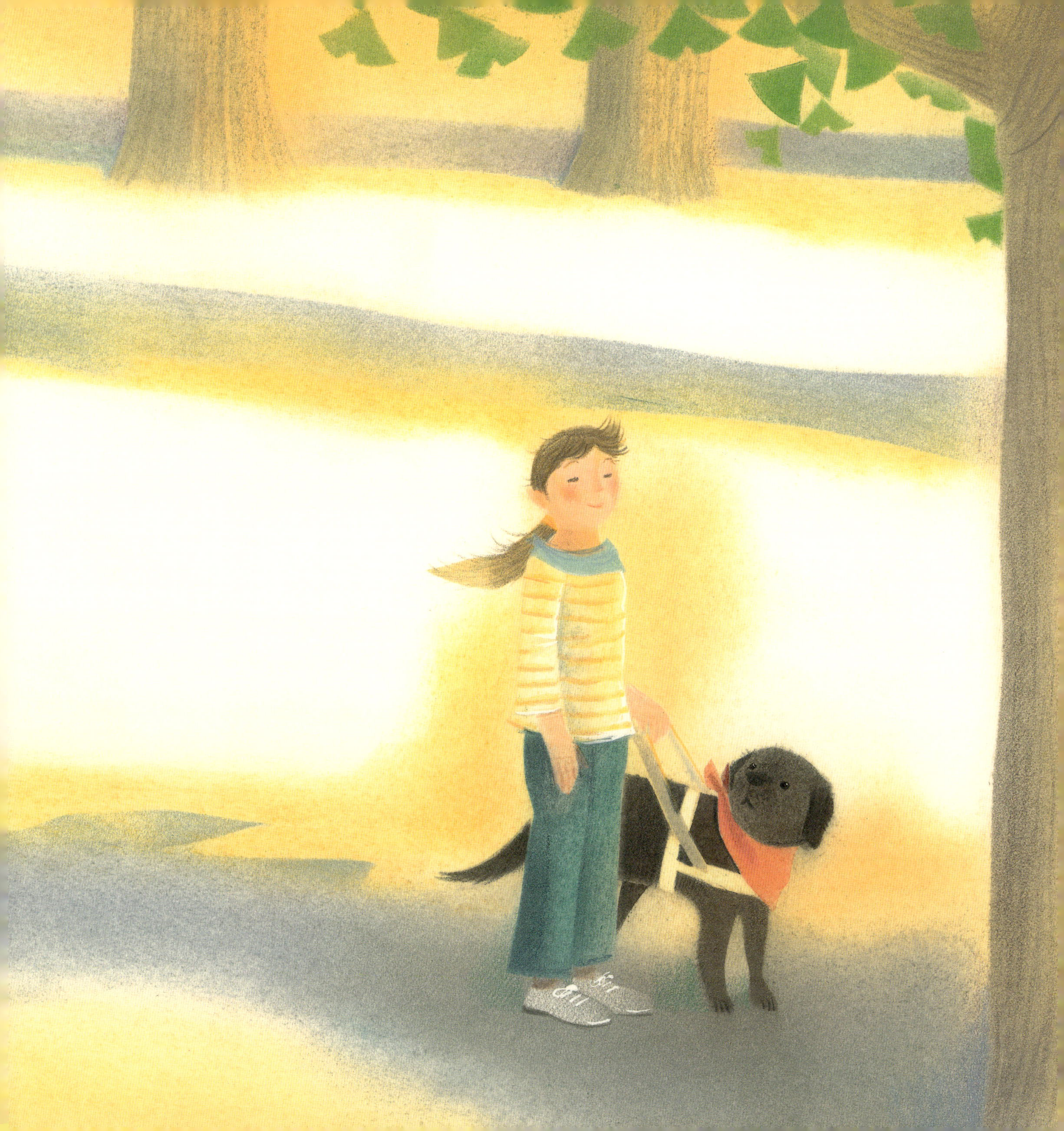

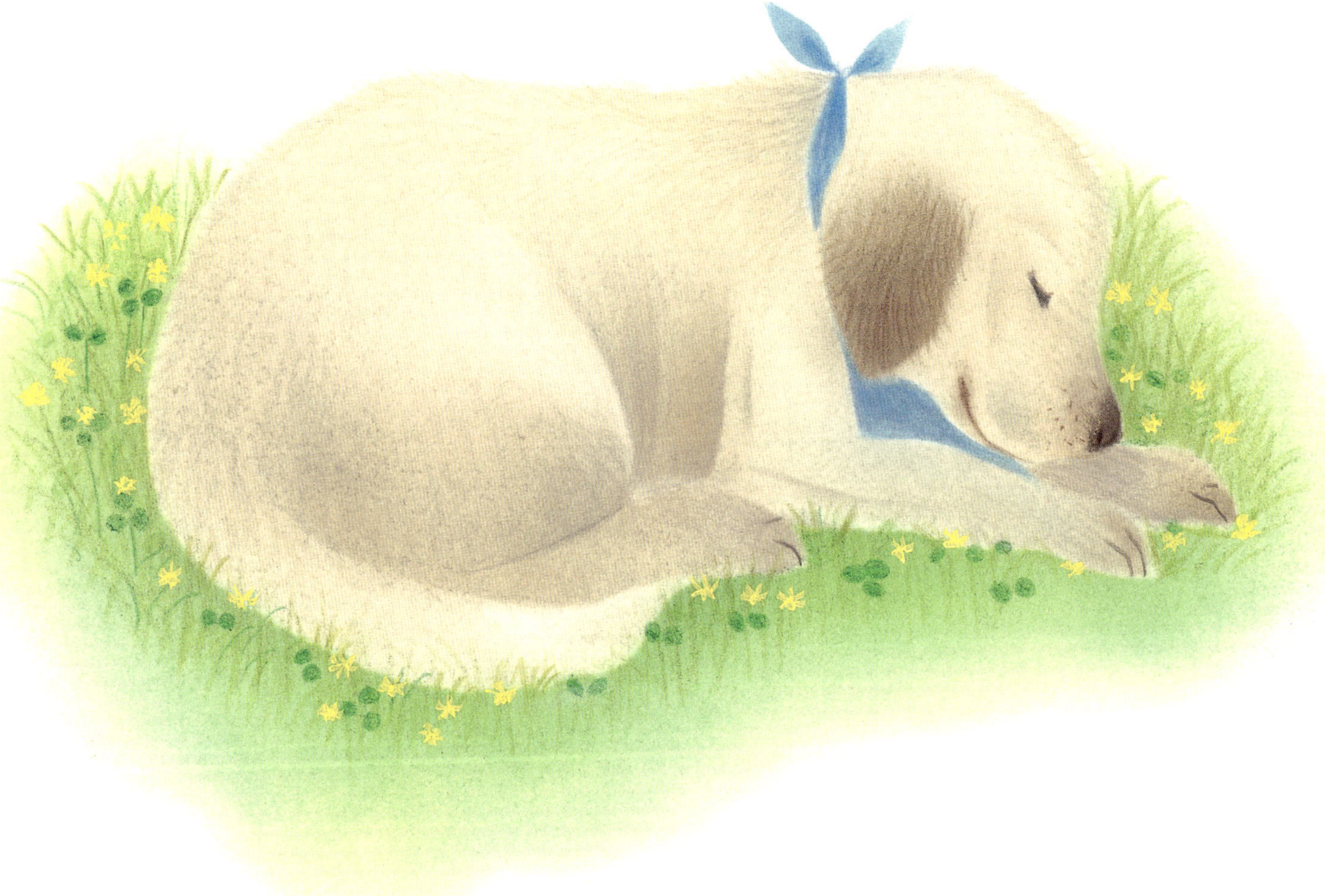

"斯特拉!"

图书在版编目（CIP）数据

导盲犬斯特拉／（日）成行和加子著；（日）入山智绘；王志庚译． -- 北京：北京联合出版公司，2020.8
ISBN 978-7-5596-4328-5

Ⅰ．①导… Ⅱ．①成… ②入… ③王… Ⅲ．①儿童故事-图画故事-日本-现代 Ⅳ．① I313.85

中国版本图书馆 CIP 数据核字 (2020) 第 106761 号

SOTTO ICHIDO DAKE
Text Copyright © 2009 WAKAKO NARIYUKI
Illustrations Copyright © 2009 SATOSHI IRIYAMA
All rights reserved.
Originally published in Japan in 2009 by POPLAR Publishing Co., Ltd. Tokyo.
Chinese (Simplified Character only) translation rights arranged with
POPLAR Publishing Co., Ltd.
through Bardon-Chinese Media Agency, Taipei.
Chinese (Simplified Character only) translation copyright © 2020 by Beijing Tianlue
Books Co., Ltd.

导盲犬斯特拉

作　　者：[日] 成行和加子 入山 智
译　　者：王志庚
出 品 人：赵红仕
选题策划：北京天略图书有限公司
责任编辑：牛炜征
特约编辑：高　英
责任校对：邹文谊
美术编辑：小虎熊

北京联合出版公司出版
（北京市西城区德胜门外大街 83 号楼 9 层　100088）
北京联合天畅文化传播公司发行
北京尚唐印刷包装有限公司印刷　新华书店经销
字数 5 千字　787 毫米 ×1092　1/12　4 印张
2020 年 8 月第 1 版　2020 年 8 月第 1 次印刷
ISBN 978-7-5596-4328-5
定价：42.00 元

版权所有，侵权必究
未经许可，不得以任何方式复制或抄袭本书部分或全部内容
本书若有质量问题，请与本公司图书销售中心联系调换。
电话：010-65868687　010-64258472-800